Nansi a Nel
a'r Diwrnod Glawog

ysgrifennwyd a darluniwyd gan Roslyn Schwartz

Addaswyd gan Catrin Elan

Y fersiwn Saesneg gwreiddiol:
The Mole Sisters and the Rainy Day

Cyhoeddwyd yn wreiddiol yng Ngogledd America gan Annick Press Ltd.
© 1999, Roslyn Schwartz (testun a darluniau) / Annick Press Ltd

Y fersiwn Cymraeg hwn:

ⓑ Prifysgol Aberystwyth, 2011 ©

ISBN: 978-1-84521-461-6

Cyhoeddwyd gan **CAA (Canolfan Astudiaethau Addysg)**, Prifysgol Aberystwyth,
Plas Gogerddan, Aberystwyth, SY23 3EB (www.aber.ac.uk/caa).
Noddwyd gan Lywodraeth Cymru.

Addaswyd i'r Gymraeg gan **Catrin Elan**
Golygwyd gan **Delyth Ifan a Fflur Pughe**
Dyluniwyd gan **Richard Huw Pritchard**
Argraffwyd gan **Argraffwyr Cambria**

Diolch i Mairwen Prys Jones am ei harweiniad gwerthfawr.

"Am ddiwrnod bendigedig,"
meddai Nansi a Nel.

Hyd nes iddi ddechrau
bwrw glaw.

"Dim ots," meddai'r ddwy.

"Bydd hi'n sych cyn bo hir."

Ond daliodd i fwrw.

WWWSHHH

"O diar!"

I lawr y twll â nhw.

BWMP

"Edrych."

"O na."

"Dim ots," meddai'r ddwy.
"Bydd hi'n sych cyn bo hir."

Ond daliodd i fwrw.

"Beth nawr?"

"Dyna syniad da."

"Da iawn."

"Tym-ti, Tym-ti Ta …"

"Perffaith."

A dyma'r ddwy yn cael
hwyl a sbri

yn tasgu dŵr

hyd nes i'r haul ddod allan

a gwenu ar Nansi a Nel.

"Edrych."

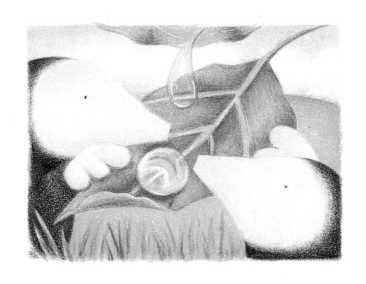

"Roedden ni'n iawn."

"Mae'n sych unwaith eto."

"Am ddiwrnod bendigedig,"
meddai Nansi a Nel.

Bendigedig yn wir!

Mwy o straeon am Nansi a Nel:

Nansi a Nel a'r Wenynen Fach Brysur
Nansi a Nel a'r Cylch Tylwyth Teg
Nansi a Nel a'r Noson Olau Leuad
Nansi a Nel a'r Mwsog
Nansi a Nel a'r Gwenith Gwyn
Nansi a Nel a'r Wy Glas
Nansi a Nel a'r Awel Ysgafn
Nansi a Nel a'r Cwestiwn
Nansi a Nel a'r Ffordd Adref